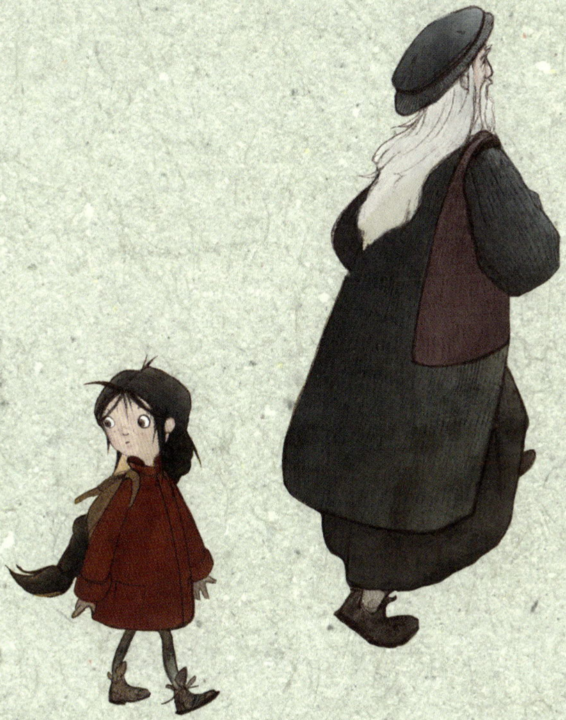

"我不是天才"系列图书是针对小学中高年级读者的名人传记小说,通过杰出人物的人生经历,促进孩子对世界的探索和对真善美的追求,引导孩子找到自己与杰出人物的共同之处,激发成长的动力和潜能。

《达·芬奇的银鼠》讲述了小女孩克里斯蒂娜与艺术巨匠达·芬奇一起探险的奇遇。克里斯蒂娜是一个古灵精怪、爱好广泛的小女孩。她喜欢绘画、弹吉他、用积木搭空间站模型,还拥有一项非常特别的技能——左右手都会写字。一天,她不情愿地陪外公参观达·芬奇的画展,却在那里经历了一场不可思议的冒险:画中的银鼠竟然活灵活现地跑了出来!在寻找银鼠的过程中,她不经意间进入画作里的世界,被那儿交织的线条和斑斓的色彩深深吸引。更加令她始料未及的是,陪伴她冒险的竟然是……著名艺术家莱昂纳多·达·芬奇!

我不是天才

达·芬奇的银鼠

[意] 塞西莉亚·拉泰拉 / 著
[意] 詹卢卡·加罗法洛 / 绘
萠　达 / 译

中国少年儿童新闻出版总社
中国少年儿童出版社
北　京

著作权合同登记 图字：01-2023-6072

Written by Cecilia Latella
Illustrated by Gianluca Garofalo
Copyright © 2024 Book on a Tree Limited
A story by Book on a Tree
www.bookonatree.com
Project coordinated by Niu Niu Culture

图书在版编目（CIP）数据

达·芬奇的银鼠 /（意）塞西莉亚·拉泰拉著；（意）詹卢卡·加罗法洛绘；萌达译. —— 北京：中国少年儿童出版社，2024.3
（我不是天才）
ISBN 978-7-5148-8526-2

Ⅰ.①达… Ⅱ.①塞… ②詹… ③萌… Ⅲ.①儿童故事–意大利–现代 Ⅳ.① I546.85

中国国家版本馆 CIP 数据核字（2024）第 020718 号

DAFENQI DE YINSHU
（我不是天才）

出版发行：	中国少年儿童新闻出版总社 中国少年儿童出版社
执行出版人：	马兴民

丛书策划：	缪 惟 唐威丽	版权编辑（特邀）：	王韶华
责任编辑：	陈白云	版权编辑：	胡 悦
美术编辑：	徐经纬	装帧设计：	徐经纬
责任印务：	厉 静	责任校对：	刘文芳
社　　址：	北京市朝阳区建国门外大街丙 12 号	邮政编码：	100022
编 辑 部：	010-57526320	总 编 室：	010-57526070
发 行 部：	010-57526568	官方网址：	www.ccppg.cn
印　　刷：	北京利丰雅高长城印刷有限公司		
开　　本：	787mm × 1092mm　1/16	印　张：	6.25
版　　次：	2024 年 3 月第 1 版	印　次：	2024 年 3 月第 1 次印刷
字　　数：	63 千字	印　数：	1—5000 册
ISBN 978-7-5148-8526-2		定　价：	59.80 元

图书出版质量投诉电话：010-57526069　电子邮箱：cbzlts@ccppg.com.cn

写在前面

中国和意大利是东西方文明的杰出代表，共同书写了人类文明史上的辉煌篇章。中国和意大利两个伟大文明之间的友好交往源远流长。2000多年前开辟的丝绸之路，跨越山海，使中意两国紧紧相连，形成了互尊互鉴的文化与经济的交流传统。

为进一步加强中意文化交流，中国少年儿童新闻出版总社提出原创图书——"我不是天才"丛书的规划设想，拟借助东西方少年儿童耳熟能详的文艺复兴艺术巨匠，以图文并茂的儿童文学作品，再现意大利文艺复兴时期达·芬奇、米开朗基罗和拉斐尔三位艺术大师的杰出成就，希望通过艺术家的人生经历，激发少年儿童对世界的探索和对美的追求。

作为中国少年儿童新闻出版总社与意大利合作出版的作品，"我不是天才"丛书既是中意双方携手合作的成果，也是两国文化交流密切深入和两国人民之间深情厚谊的见证。丛书由中国少年儿童新闻出版总社策划，意大利知名童书作家塞西莉亚·拉泰拉与意大利著名画家詹卢卡·加罗法洛联袂创作。

达·芬奇、米开朗基罗和拉斐尔是意大利文艺复兴时期的艺术巨匠，在世界艺术史上具有重要的地位，他们的艺术成就、创新精神和卓越才华，对全世界美术的发展影响深远。本次意大利顶尖创作团队和中国专业童书出版机构的强强联合，使意大利文艺复兴时期创造的人类精神财富和文化遗产，以全新的面貌被中国乃至全世界少年儿童熟知。"我不是天才"丛书通过新颖别致的创作视角、丰富翔实的内容和精美生动的绘画，让全世界少年儿童可以跨越文化和地理界限，身临其境地感受三位艺术家的成长轨迹和创作过程，更加深入地了解这些艺术家的内心世界和他们对艺术的热爱与追求，在阅读的过程中收获成长与启示。

多年来，中国少年儿童新闻出版总社一直致力于整合世界优质出版资源，在版权贸易、人才交流等多方面进行探索与创新，形成优势资源互补，逐渐由单纯的版权引进，转向联合策划、共同创意、联袂开发、国内外同步出版的版权合作方式。近年来，中国少年儿童新闻出版总社出版的《熊猫勇士》《马可·波罗历险记》等享誉海内外的优秀儿童文学作品，就是此理念的实践成果。而"我不是天才"丛书的创作进一步扩宽了已有国际合作出版模式的广度和深度。意大利创作团队充分考虑到中国少年儿童的成长背景与精神需求，对作品进行多次修改和完善。在中意两国创作团队的努力下，"我不是天才"丛书在我国首次出版，中国少年儿童新闻出版总社拥有该丛书全语种在全世界授权的权利。这是中国少年儿童新闻出版总社立足全球市场，打造世界精品少儿读物的新尝试，有利于扩大中国童书出版的国际影响力，为推动中国文化"走出去"积累重要资源。

儿童是人类的未来，儿童读物是哺育儿童成长的重要精神食粮。优秀的儿童读物让少年儿童理解文明互鉴的意义、友好和睦的价值。希望"我不是天才"丛书在促进中意民心相通方面更好地发挥桥梁纽带作用，带领世界少年儿童共赏多元文化之美、共谋文明互鉴之道、共创命运与共之未来。

郭 峰

中国少年儿童新闻出版总社社长

致读者

亲爱的朋友们：

我怀着激动的心情给你们写下了这篇前言。我的名字叫皮埃尔·多梅尼科，是个意大利人。我是一名作家。几年前，我去上海参加了一次书展，在书展上我遇到了中国少年儿童新闻出版总社图书中心的负责人。在交谈中，我们一拍即合，想为意大利和中国的孩子讲述人类历史长河中伟大人物的故事。最终，我们选择了三位文艺复兴时期的艺术巨匠——达·芬奇、米开朗基罗和拉斐尔。

在接下来的阅读中，你们会发现许多惊喜，我不想提前剧透。但我想说的是，在我看来，文艺复兴时期的核心内容可以用一个词来概括，这个词在当下尤其具有现实意义，它不是"艺术"，不是"重新发现"，也不是"名望""财富""成功"，这个词是"合作"。

文艺复兴不仅对意大利而言是一个艺术大爆发的时代，我认为它对整个世界而言都是如此。文艺复兴时期，一个被岁月尘封的世界得以被重新发现，文艺复兴赋予这个世界以新的生命。这个世界围绕着一个中心思想而发展，即人是一种有思想的、复杂的、奇妙的、和谐的存在，人类所在的宇宙也和人类一样奇妙、复杂、和谐。

在欧洲，文艺复兴代表着一个极其富裕的时期，现代银行的概念就产生于文艺复兴时期意大利的佛罗伦萨。"我不是天才"丛书中提到的艺术家，在文艺复兴时期已经非常有名了，就像我们现在的摇滚明星、伟大的运动员一样有名。每个人都想拥有他们的绘画和雕塑，他们停留过的城市、街道、旅店都被人们纪念。

但是名望、财富、成功、艺术、金钱，这些全部都是合作的结果。文艺复兴是通过合作实现的。这要归功于工坊的出现。

文艺复兴时期的工坊既指一个具体的地方，也表示一种观念：不同的人，不论他们是否能干，他们都要共同合作，互相学习，从事一些非常困难的工作。在当时，如果你觉得自己很擅长绘画、雕刻或空间设计，善于建造圆顶、高墙和回廊，你就应该离开家去工坊参加工作——那里有很多像你一样善于绘画、雕刻、设计和建造的人。在工坊里，你需要做各种各样的准备来为大师的工作做准备：清洗和制作画笔，研磨产自阿富汗的青金石来制作最优质的蓝色颜料，用尺子测量大理石块，凿大理石打样……有时你也需要从头到尾制作一件完整的作品。

　　工坊里没有固定的规则，没有对艺术专门的分类。相反，正是因为无论是最不起眼的工作，还是最重要的工作，工坊里的艺术家什么都做过，什么都知道怎么做，他们当中才涌现了那么多杰出的艺术家。艺术家们最开始都是从兴趣出发，后来慢慢地将自己的天赋锻造成才能。艺术家的才能不仅变成了艺术品，也变成文字，因为这样可以将它传授给进入工坊的新学徒。因此，才能不仅仅存在于某个人、某个天才的身上，它是一座城市、一个国家、一个历史时代所共同拥有的智慧。

　　这就是合作，一种共同参与的智慧。合作并不会削减某个天才的才华，也不会夺走他的创意或才能，反而使它们倍增。

　　怀着这一想法，十年前，我在伦敦成立了一家工作室，工作室的名字叫作 Book on a Tree. 你们手中的这套书就是 Book on a Tree 工作室与中国少年儿童新闻出版总社的编辑团队合力完成的。正是中意两国编辑团队与意大利艺术家高效而默契的沟通，才使这套丛书汇聚了各方智慧，顺利与中国的少年儿童见面。非常感谢出版过程中各方的努力！

　　祝你们阅读愉快！

皮埃尔·多梅尼科·巴卡拉里奥

意大利著名儿童文学作家、中意出版文化协会主席

Book on a Tree 创始人

理解大自然的作品比理解诗人的书更难。智慧是经验的女儿。

——达·芬奇

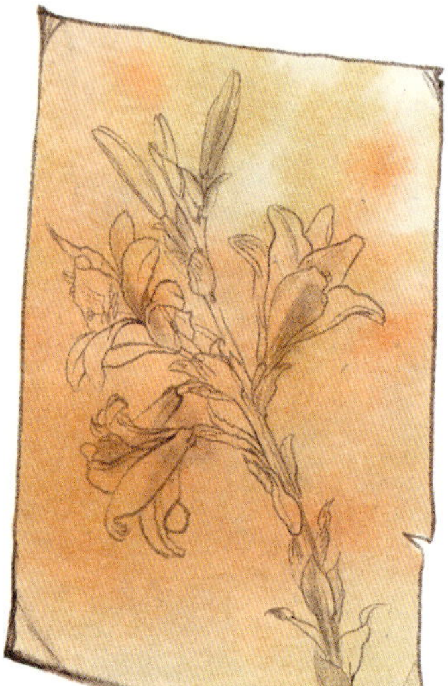

"你知道吗?莱昂纳多·达·芬奇的画展明天就要开幕了!"外公说着,走进了屋子,"我们赶快去看看吧!"

"爸,先等一下,"妈妈说,"我们问问克里斯蒂娜吧。"

房间里的克里斯蒂娜叹了口气。虽然外公精力充沛、心态年轻,但他仍然有一些"老式"爱好,比如参观博物馆、看展览。而此时,克里斯蒂娜有更紧急的事要做,她正忙着用积木搭一个非常复杂的模型。

外公向她的房间里看了一眼。

"多么漂亮的模型啊!你在搭什么呢?"

"一个轨道空间站。"克里斯蒂娜回答。

"真了不起!"外公说,"那么,你想去看达·芬奇的画展吗?"

"现在不行,我得先把这个空间站搭好。"

"好的,那我过段时间再来问你吧。"

外公回到另一个房间去和妈妈聊天。而克里斯蒂娜一转眼就忘记了这件事。

一个星期后,外公又来看他们了。

"克里斯蒂娜,你今天准备好去看画展了吗?"

"外公,今天不行,"克里斯蒂娜回答,"您没看到我正在忙吗?"

克里斯蒂娜坐在椅子上,手里拿着一把吉他,床上散落着一些为初学者准备的乐谱。

"我能听听你弹的曲子吗?"外公问道。于是,克里斯蒂娜演奏了起来。

"你真有弹吉他的天赋!"外公称赞她,"可是你必须努力练习,才能弹得更好。"

又过去了一周，外公发现克里斯蒂娜趴在地板上，周围摆满了各种水彩笔、蜡笔和画纸。她正在一张纸上画着各种天马行空的图案。

"宝贝孙女，我看到你今天沉醉在艺术创作里啊！那么，你不想去看展览吗？达·芬奇在皮蒂宫等着我们呢！"

"可是，外公，我得先完成我的作品。"克里斯蒂娜说。

"完成？每次来到这里，我都看到你在做不同的事情，搭空间站、弹吉他……但你一件都没有做完。你还是个孩子，这倒无所谓；可是当你长大后，你要坚持不懈，持之以恒。而且，同时做这么多不同的事情并不容易。"

"但是我喜欢很多东西啊。"克里斯蒂娜说道。

"当你长大后，你最好只选择一件事，并努力去做。但是现在，我们快出发吧！这是达·芬奇画展最后的展期了！我们再不去的话，就错过这次画展了。"

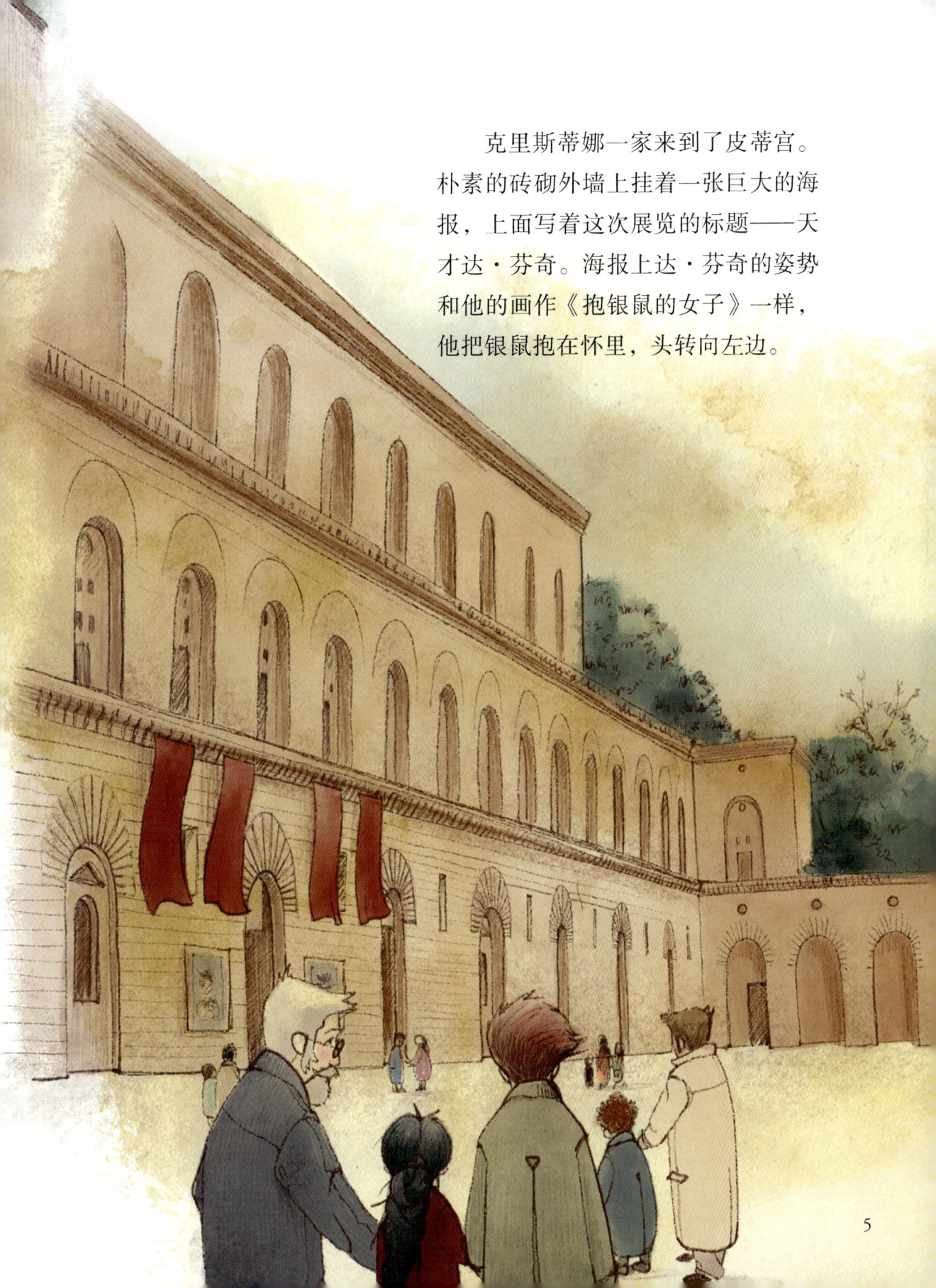

克里斯蒂娜一家来到了皮蒂宫。朴素的砖砌外墙上挂着一张巨大的海报，上面写着这次展览的标题——天才达·芬奇。海报上达·芬奇的姿势和他的画作《抱银鼠的女子》一样，他把银鼠抱在怀里，头转向左边。

拿到门票后，外公坚持要跟着解说员参观，克里斯蒂娜只好和妈妈、外公以及导游团的人一起开始参观。

克里斯蒂娜小声地抱怨着，她想：我们要被永远困在这里了。如果没有解说员，我们可以很快地从一个展厅逛到另一个展厅，但是跟着解说员，我们就不得不走得非常慢，同样的路程将会花费三倍的时间。

第一个展厅里只有一幅画。解说员让大家在这幅画作前驻足，并开始介绍："《抱银鼠的女子》是莱昂纳多·达·芬奇最著名的画作之一。这幅画创作于1489年至1490年之间，也就是达·芬奇

第一次到访米兰的时候。画中所描绘的女子几乎可以认定是塞西莉亚·加莱拉尼,她当时是达·芬奇的资助者卢多维科·斯福尔扎的挚爱……"

短短几句话之后,克里斯蒂娜就已经没法集中注意力了。她向后面走去,慢慢地远离了这群游客,坐在一张长椅上。与其听解说员无聊的讲解,还不如待在这里等大家参观结束……

但是，突然间，发生了一件不可思议的事！

画中那位女子抱着的银鼠开始扭动，挣脱着跳出画框，敏捷地落到了地板上。它后腿蹬地站了起来，嗅着空气中的味道。克里斯蒂娜张大了嘴巴，惊奇地看着它。银鼠怎么可能从画作中跑出来呢？她伸手去抓它，但银鼠向克里斯蒂娜这边嗅了一下，就转身朝相反的方向跑开了。

"快回来!"克里斯蒂娜喊道。她立马朝那只银鼠追过去,但转眼间,连银鼠的影子都看不到了。周围看展览的人也都消失了。刹那间,克里斯蒂娜感到周围的一切都在旋转,不知不觉中,"砰——"她撞上了站在前面的一位先生。"哎哟!"她惊呼,"对不起,先生,我刚才没看到您!"

"没关系,小姑娘,"那个人说,"你有没有见过一只银鼠?一种像雪貂一样的白色小动物?"

克里斯蒂娜抬起头，惊讶地张大了嘴巴。她发现站在自己面前的是一位年长的男士，留着灰白色胡须和长长的灰白色头发。他戴着一顶柔软的天鹅绒帽子，身穿一件有着宽大袖子的大衣。总之，他看上去就像……

"莱昂纳多·达·芬奇？！"她难以置信地问道。

"乐意为您效劳。"那个人微微鞠躬，回应道，"你是……"

"克里斯蒂娜。"她说，"很抱歉撞到了您。"

"哦，没关系，"达·芬奇说，"每个人都会有分心慌乱的时候。不过，我正在寻找我的银鼠。你看到它了吗？"

"是的，我也在追它，它从画作中跑了出来，然后我就看不到它了！"

"那个小淘气鬼总是乱跑！这些天我有一半的时间都花在追它上了。"

"但是……不好意思，达·芬奇先生，您在这里做什么呢？您是真实的吗？"

达·芬奇用手摸了摸自己的身体。"嗯，你能看到我，所以我肯定是真实的。因为只有真实的东西，我们才能用眼睛看到……"

克里斯蒂娜半信半疑。"但是……如果您是真的，银鼠也是真的，那我们现在是在哪里？"

在他们的周围，出现了像是用钢笔和铅笔手绘的风景画，还有一些难以辨认的笔迹，这个世界的一切似乎都是由……纸做的。

"嗯，这当然就是我的世界，一个绘画的世界。"达·芬奇说，仿佛这是显而易见的答案。

"绘画的世界？"克里斯蒂娜茫然地重复道。

"我创作出了这个世界，那些画作也构成了我的世界。"达·芬奇回答，"我生活在这里，在我的手稿、艺术作品和发明中。这个世界和我创作出来的绘画的世界是一样的。"

"在什么方面一样呢?"

"绘画是认识世界最初的方法,也是最崇高的方法。当我们仅仅看着事物时,我们对它们的观察是片面的。只有开始画画时,我们才能称得上真正理解事物是如何形成的。"

"这是什么意思?"克里斯蒂娜问道。

"你试着想象一朵花：在画它之前，也许你会对它的形状有一个大概的印象，但只有当你落笔时，你才会留意它有几瓣花瓣，发现叶子是沿着螺旋形生长的……绘画是对现实的完整分析。任何事物的样子都是由它的组成部分所决定的，绘画可以促使你去了解它们的全部构成。克里斯蒂娜，你会画画吗？"

"是的，但我很少照搬现实生活……我画的是虚构的物体、随机的形状。"

"艺术家什么都可以创作！浪漫的、变形的、滑稽的、怪诞的……你可以把你天马行空的想象都画出来。"

"那您画在什么上面?羊皮纸?"

"不,我那个年代已经不用羊皮纸了!我也是在纸上或者亚麻布上作画,和你们一样。"

"那您用什么工具画画呢?"

"大多数时候我用笔和墨水,用银或其他金属制成的尖头笔,蘸上墨水在纸上写写画画。"

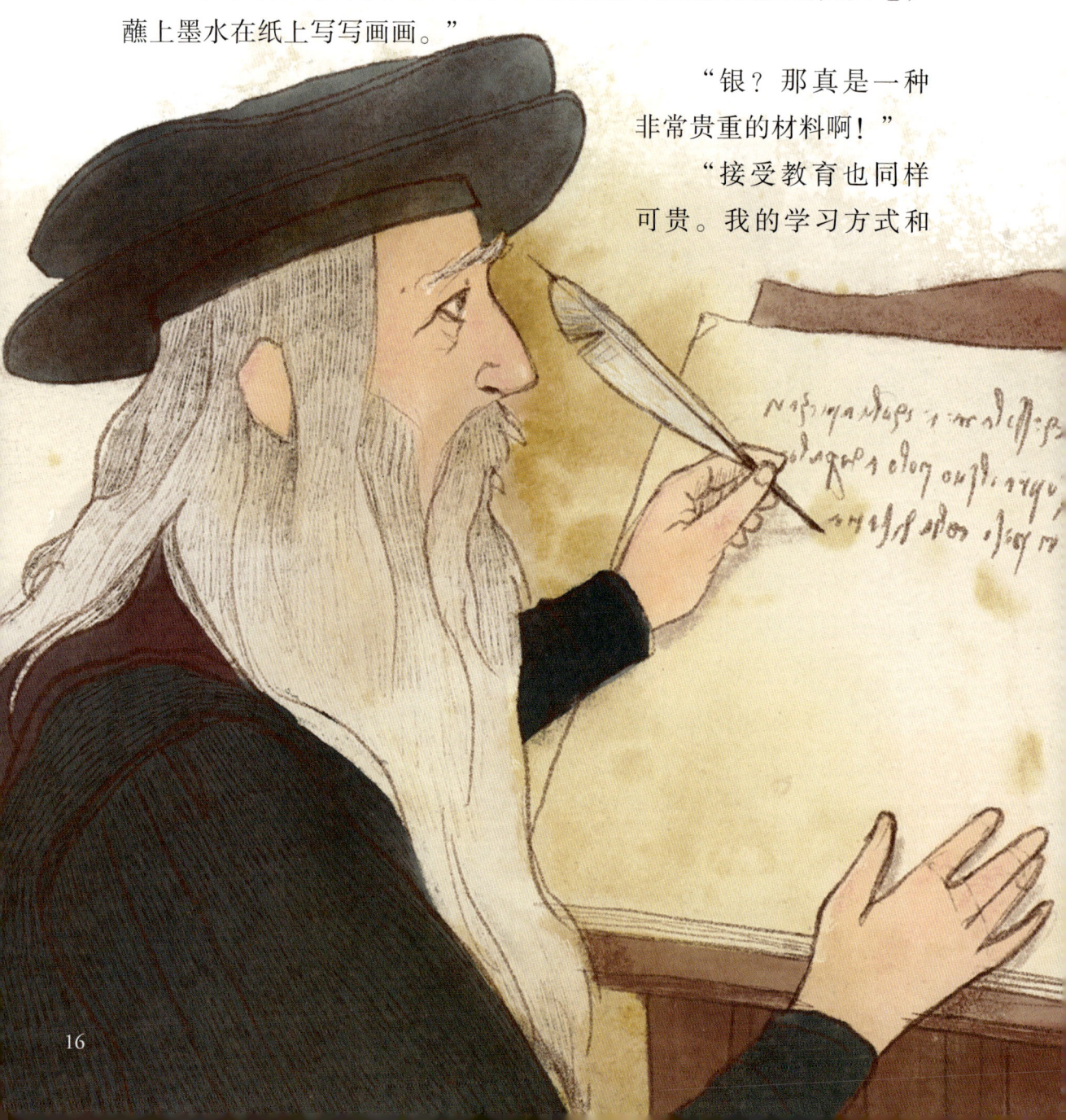

"银?那真是一种非常贵重的材料啊!"

"接受教育也同样可贵。我的学习方式和

其他人不一样。当时，接受教育的人会学习拉丁语，有些人还学习希腊语。他们懂得文学、哲学、修辞学。而我则是自学成才，正如他们说的那样，我受益于分散的、非线性的教育方式。我甚至从来没有学过其他人那样的写字方式……"

"不会吧？"

"我是用左手从右向左倒着写的。只有对着镜子看，你才能明白我写了什么。不过，克里斯蒂娜，我们不是应该去找那只银鼠吗？谁知道它现在藏在哪里了呢？"

"当然！但您得带路，我不认识这个地方。我们现在在哪里？"

"嗯，这是我从家里看到的阿诺河上的风景，"达·芬奇看着用笔勾勒出的岩石和河流，说道，"我对这些地方了如指掌。我的祖父住在一个叫芬奇的小镇里，我在这里长大，我的名字就是这么来的。银鼠喜欢藏在那边的洞穴里。我们去看看吧。"达·芬奇邀请克里斯蒂娜一起过去。

他们向阿诺河走去。克里斯蒂娜仔细地在隐蔽处搜寻着，但一无所获。而另一边的达·芬奇，与其说是在寻找动物，倒不如说是被水流动的画面迷住了。

"达·芬奇先生，"克里斯蒂娜碰了碰他的袖子，问道，"您还好吗？"

"对不起，克里斯蒂娜，"达·芬奇回答，"我一靠近水就会被它迷住。我的一生都在观察它的流动，研究水波的韵律、水流形成的旋涡……"

21

"说到水，"克里斯蒂娜说，"我们该怎么才能到河对岸呢？"

"当然要过桥呀，"达·芬奇回答，"它就在那里！"

果然，就在达·芬奇所指的地方，出现了一座高大的拱形桥。整座桥由一根高高的杆子固定在河面上。克里斯蒂娜跟着达·芬奇走到桥上。突然，桥开始向左转动，木板摇晃了起来。

"发生了什么？"她害怕地问。

"哎呀，我没告诉你吗，这是一座旋转桥。抓紧了！"

但克里斯蒂娜没能抓稳扶手，在桥的晃动中，她掉进了河里。达·芬奇刚才提到的旋涡把她团团围住，旋转着，淹没了她。

"我要沉下去了！"克里斯蒂娜心想，她很害怕，就在这时她感到有人碰了碰她的胳膊。她睁开眼睛，看到穿着潜水服的达·芬奇从一团气泡中出现在她面前，把她拉到了水面上。

"啊！"她浮出水面，"您应该告诉我这座桥会转动！"她喘着粗气说。

"对不起，"达·芬奇愧疚地说，"我以为你能从竖直的转轴上看出来。我设计了很多桥，这是其中一座。它既可以让船只通过，又可以防止不速之客过河。"

"潜水服也是您的设计吗？"克里斯蒂娜问道。

达·芬奇指了指自己的胸口。"当然啦！在我之前已经有人尝试过各种制作潜水服的方法了，但我做了改进，增加了两根管子，一根用于呼气，另一根用于吸气。我还配上了一些压载袋来控制下潜深度。你想试试吗？"

就在这时，克里斯蒂娜发现自己也穿上了潜水服。潜水服不沉，穿着它呼吸也很顺畅。达·芬奇重新戴上头盔，对她点了点头，说："我们去看看银鼠是不是在洗澡吧。"

克里斯蒂娜和达·芬奇潜入水中。在水下，他们看到鱼和螃蟹从他们身边游过，还有一艘潜艇在水下航行。这艘潜艇的船身像是把两艘船的龙骨钩在一起，两只木鳍推动着它前进。这时，一艘船经过，他们再次浮出水面，借助梯子爬上了船。一瞬间，他们身上的潜水服就消失了，而且全身都是干的。

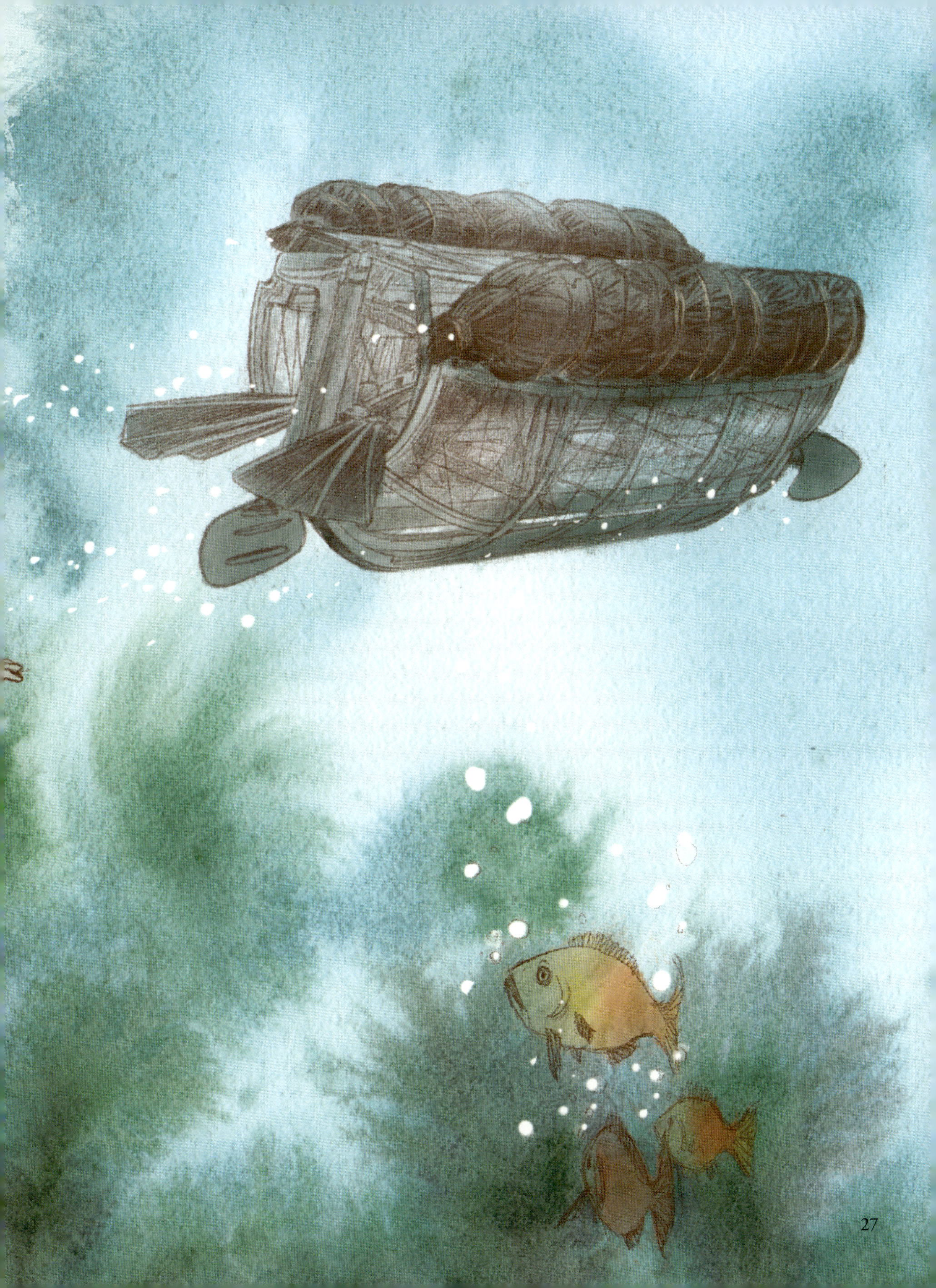

"啊！"克里斯蒂娜惊叹道。船两侧的两个大桨轮在水里翻滚着，哗啦啦地溅起水花。船中间有一个复杂的齿轮机械装置带动桨叶系统。

"这艘船是您发明的吗？"克里斯蒂娜问道。

"这艘桨船，以及你在这里看到的其他所有东西，都是我发明的。"达·芬奇回答。

这时，克里斯蒂娜注意到，他们旁边的河面上漂浮着许多船只。

"那是另一种船,靠踏板前进。"达·芬奇指着一艘船说道,"用踏板比用桨划船省力。"然后,他指了指一艘非常大的船,它看起来像是双体船和挖掘机的混合体。达·芬奇继续说:"那个是挖泥船,用来清除河道中的杂物碎片,以便船只能够更顺利地通行。"

"这些都是您的发明啊？可是它们真的被制造出来了吗？"

"是的，这些都是我的设计，但它们都没有在我生活的那个时代被制造出来。"

"我还以为您只是一位画家、艺术家呢。"

"我是一个充满奇思妙想的艺术家。我总是先画已经存在的机器，而我绘画的目的就是改进它们。通过观察各个组成部分，结合各种不同的模型，我就能够找到更好、更有效的组合方式。"

沿着河岸望去，各种各样的机器在卖力地工作着。克里斯蒂娜

发现了一个巨大的三脚架,似乎是用来稳固疏松的土壤,还有一台钻机、一台锯木头的机器和一台打桩机。

32

"那些机器在做什么?"克里斯蒂娜问道。

"嗯,这是我最伟大的项目之一——把阿诺河改道,这样人们就可以通过运河从佛罗伦萨直接进入大海。水闸和水坝能控制水。你知道吗,我在米兰研究制作运河的船闸系统时,真的做到了。运河对城市来说是必不可少的,因为在没有高速公路或火车的时代,人们可以通过运河运输货物和运送人员。好了,我们要上岸了。让我们看看能不能找到那只银鼠吧!"

桨船靠近一个小码头，克里斯蒂娜和达·芬奇下了船。山坡上有一片草地。草地尽头乱石林立，这些岩石在天空的映衬下格外显眼。也许银鼠就藏在岩石的缝隙里？

　　这时，克里斯蒂娜看到达·芬奇在摆弄一辆满是齿轮的三轮车。

　　"这是一辆自动机械车！"他解释道，"快跳上来吧！"

达·芬奇转动齿轮系统，把车中间的弹簧上紧，然后一松手，嗖！这辆车像一辆真正的汽车一样，在草地上疾驰。

"哇！"克里斯蒂娜惊呼着，双手紧紧抓住车的边缘。她可不想从达·芬奇发明的另一个精巧玩意儿上掉下来！

"劲儿很足吧？唯一的问题就是弹簧过一会儿就会松开，需要重新上紧。"

的确，自动机械车的速度逐渐慢了下来，最终停在了山坡下。

"我还是没有在这里看到银鼠。"克里斯蒂娜说。

"那我们边走边找，"达·芬奇说，"来吧。"

达·芬奇和克里斯蒂娜下了车,走上山坡。这里的风景很像达·芬奇创作的一幅画《岩间圣母》,克里斯蒂娜也知道这幅画。不过,克里斯蒂娜顾不上仔细欣赏这些岩石,她四处张望着,想看看银鼠在不在这儿,但还是连影子都没有!它似乎已经完全消失了。

周围的动物只有各种鸟,它们在晴朗的天空中飞翔,此起彼伏地鸣叫着。

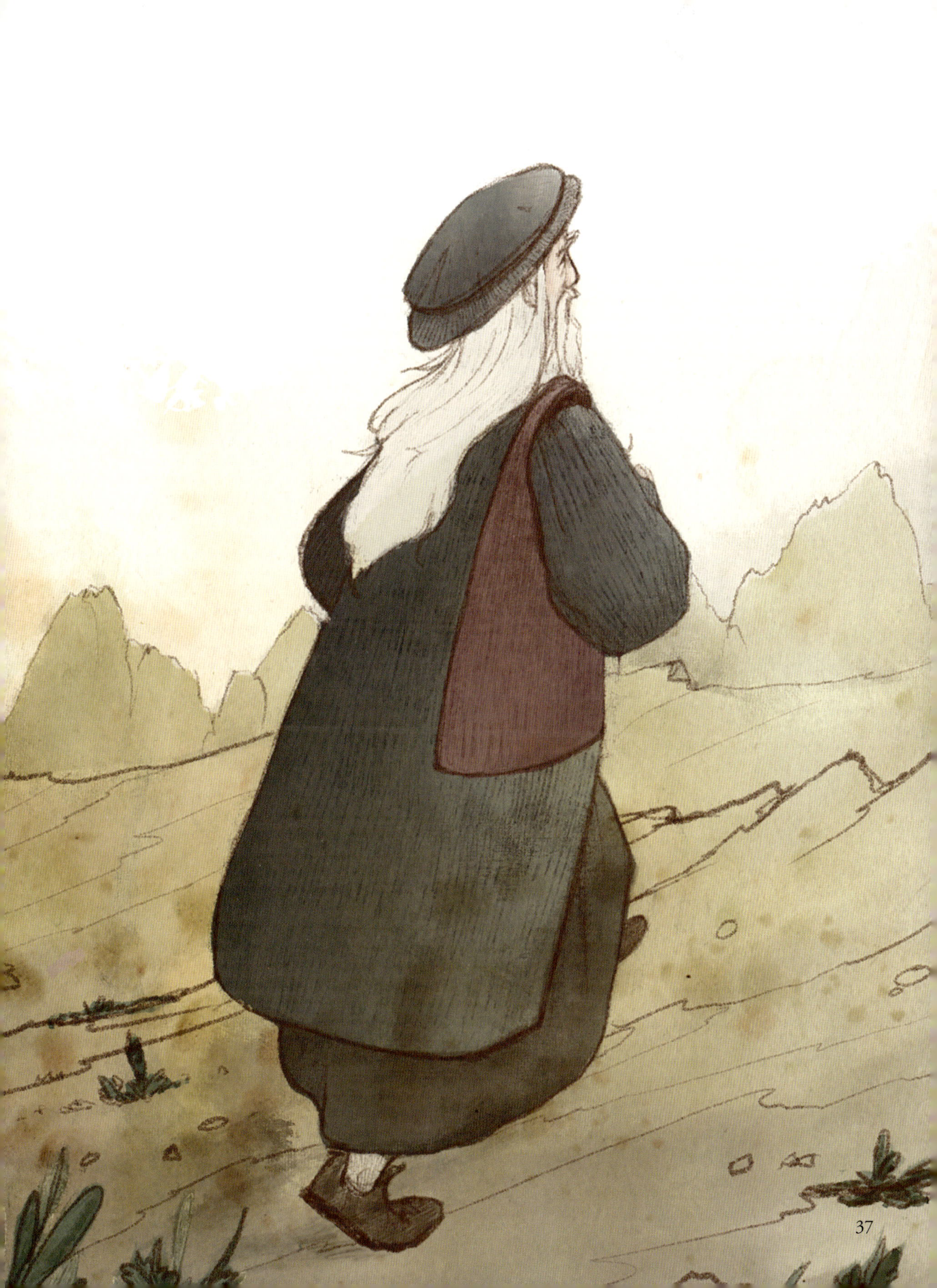

达·芬奇说："鸟一直是我很喜欢的动物。我经常研究它们，因为我一生最痴迷的就是飞行。人类能够在水中游泳，但天空却遥不可及。我写过一篇关于鸟类飞行的论文，从物理学的角度分析了飞行的原理，包括鸟类身体和羽翼的特点以及翅膀的位置，解释了为什么鸟能被风托起而不会被风吹落。"

"那它们是怎么做到的？"

"鸟类的一大优势是它们的骨骼中空且轻盈。更重要的是，鸟类的翅膀位于身体的中心部位，也就是重心所在。而且和人类相比，鸟类的双翅长度与身长的比例更大。"

克里斯蒂娜张开双臂，观察着自己的胳膊。

"我试图弄清鸟类飞翔的奥秘，制造出能让人类飞行的机器。"达·芬奇继续说道。

突然，山坡上出现了各种各样的飞行器，达·芬奇走了过去。"起初，我的想法是设计一对能够扇动的翅膀，可以绑在手臂上，用杠杆装置操作。但是，想扇动翅膀腾空而起所需要的力量太大了。"达·芬奇一边说，一边走向另一个模型，"因此，我继续研究如何靠转动齿轮所产生的驱动力来扇动翅膀。我设计了一种你们所说的'飞行自行车'，机翼就是由脚踏板带动的，还有一种双人飞行自行车，可以两个人一同使用。"

"还有呢？"克里斯蒂娜问道。

"因为滑翔飞行是大型猛禽的典型特征，所以我以此为基础设计了一些机器。这只'大风筝'是其中一种比较大的飞行器，它有一个完整的木制驾驶舱，飞行员可以坐在座位上，用拉杆来操纵机翼和机尾。"

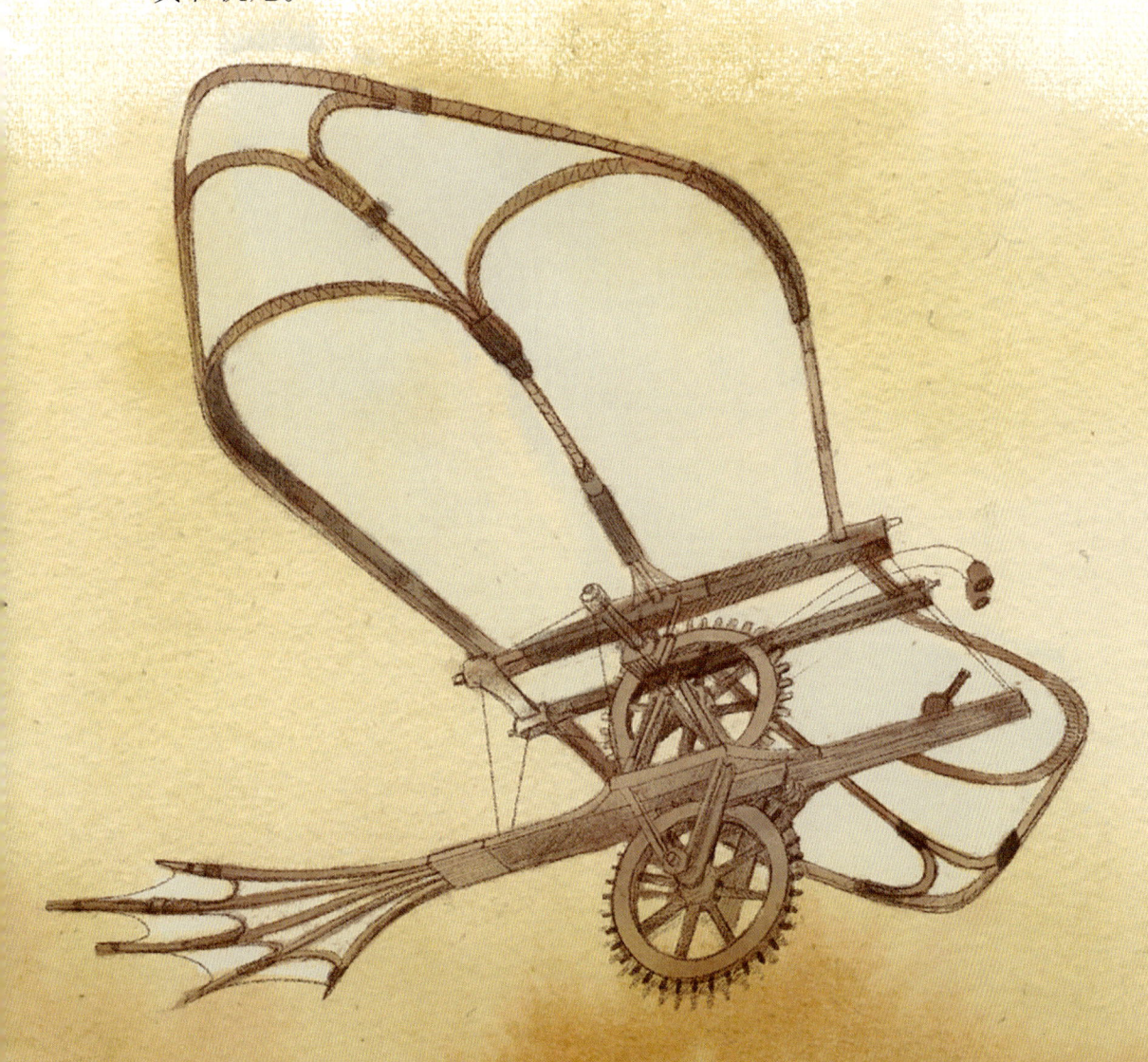

"我们要不要试试看能不能从空中发现那只银鼠?我要驾驶大风筝飞行,你可以选择任何你喜欢的飞行器!"达·芬奇提议。

"什么?"克里斯蒂娜问,"不,我才不要驾驶那些玩意儿呢!这些机器试飞成功过吗?"

"我和我的学生们试飞过。说实话,这些实验并不总是成功的。但这里是绘画的世界!我们能发生什么事呢?"达·芬奇兴致勃勃地坐上了大风筝,飞了起来。

"就是,我已经在一个想象的世界里追逐一只画中的银鼠了,还会有什么稀奇事呢?"克里斯蒂娜自言自语道。她爬上机械鹰,助跑了一段,然后离开山坡,滑翔了起来。

多么奇怪的感觉啊!这就像漂流,却不是在水面上,是在天空中。在她下方,草地和山丘看起来都那么平坦,就像卫星地图上的一样。然而,他们还是没有看到银鼠的踪迹。

"我找不到它！"克里斯蒂娜喊道，"它去哪儿了？"

"别担心，我们会找到的！"达·芬奇说，"不如，我们好好观察吧！你看，从这里可以看得多清楚！"

"这是什么意思？"

"注意距离！留意物体的距离以及空气对颜色的影响！绘画的基本原则之一是捕捉物体的距离，而我们再现距离的工具就是透视法。"与此同时，克里斯蒂娜和达·芬奇乘坐的飞行器缓缓地朝地面降落。"但这不仅仅是绘画的透视，还包括大气的透视，我们必须尝试用各种色彩来表现它们。当我们观察一个非常遥远的物体时，我们与它之间的空气比我们观察一个近处的物体时要多得多。因此，当我们给远处的物体上色时，必须使它们更加模糊，这样就会呈现出我们和物体之间的空气的颜色层次。"

"所以，远处的物体都变成了蓝色。"

"或者绿色，或者紫色，这取决于大气的颜色。"

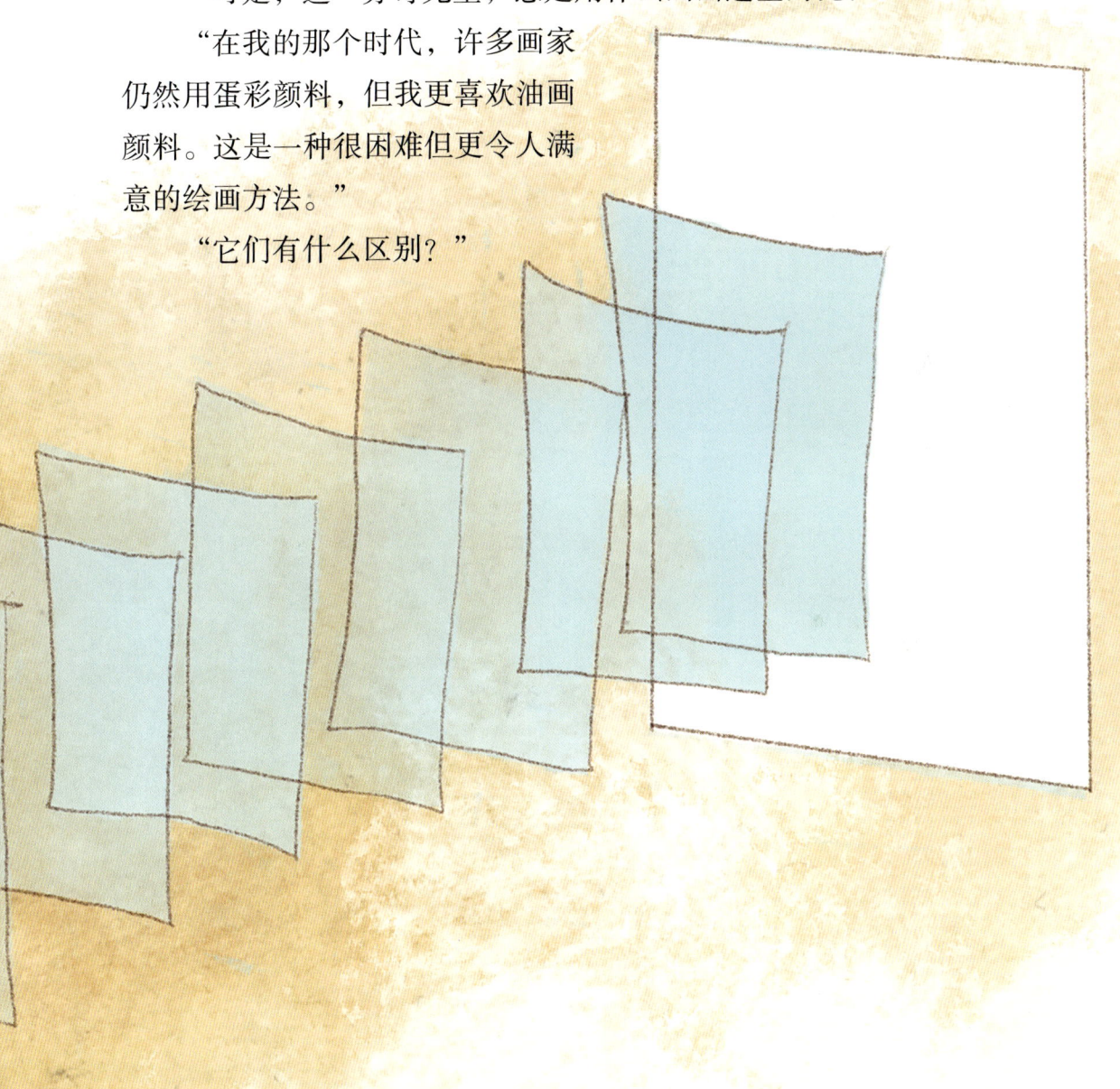

"可是，达·芬奇先生，您是用什么画出这些的呢？"

"在我的那个时代，许多画家仍然用蛋彩颜料，但我更喜欢油画颜料。这是一种很困难但更令人满意的绘画方法。"

"它们有什么区别？"

"油画干得更慢，所以当你画画的时候，你可以在颜料变干之前做很多次修改。更重要的是，颜色更容易混合在一起，也更容易相互融合。你知道什么是晕涂法吗？"

"不知道。"

"如果你想画一个人，你会从哪里开始？"

"我会先画出这个人的轮廓。"

"但是当你看一个人的时候，你看到的是一个有轮廓线的人吗？"

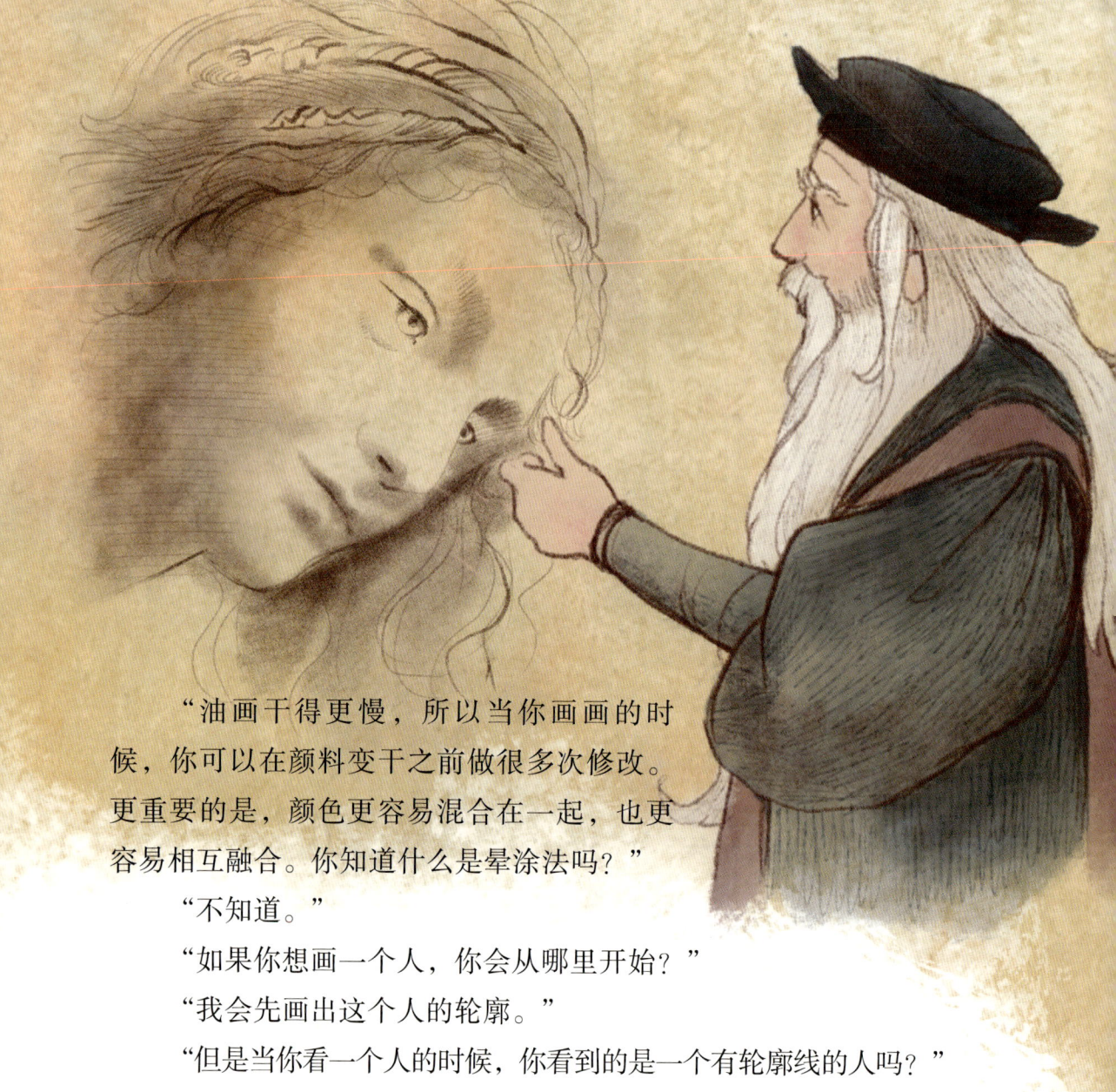

"不是！"

"那如何确定我们和周围物体之间的边界到底在哪里呢？而晕涂法就是一种软化过渡的技术，可以用铅笔或油画颜料实现，不会让一个区域和另一个区域之间的过渡太生硬。人物和背景之间的所有过渡区域都被柔化了，没有我小时候在绘画中看到的那些尖锐的线条。"

47

话音刚落,达·芬奇降落到了地面,克里斯蒂娜紧随其后。他们顺着山坡往下滑,来到了一座被高墙包围的城市。四周的田野上遍布着各种各样的机器和设备。为了穿过环绕城墙的护城河,达·芬奇和克里斯蒂娜走上另一座桥,这座桥由相互交错的木板构成。克里斯蒂娜心想:这座桥肯定也是达·芬奇设计的。

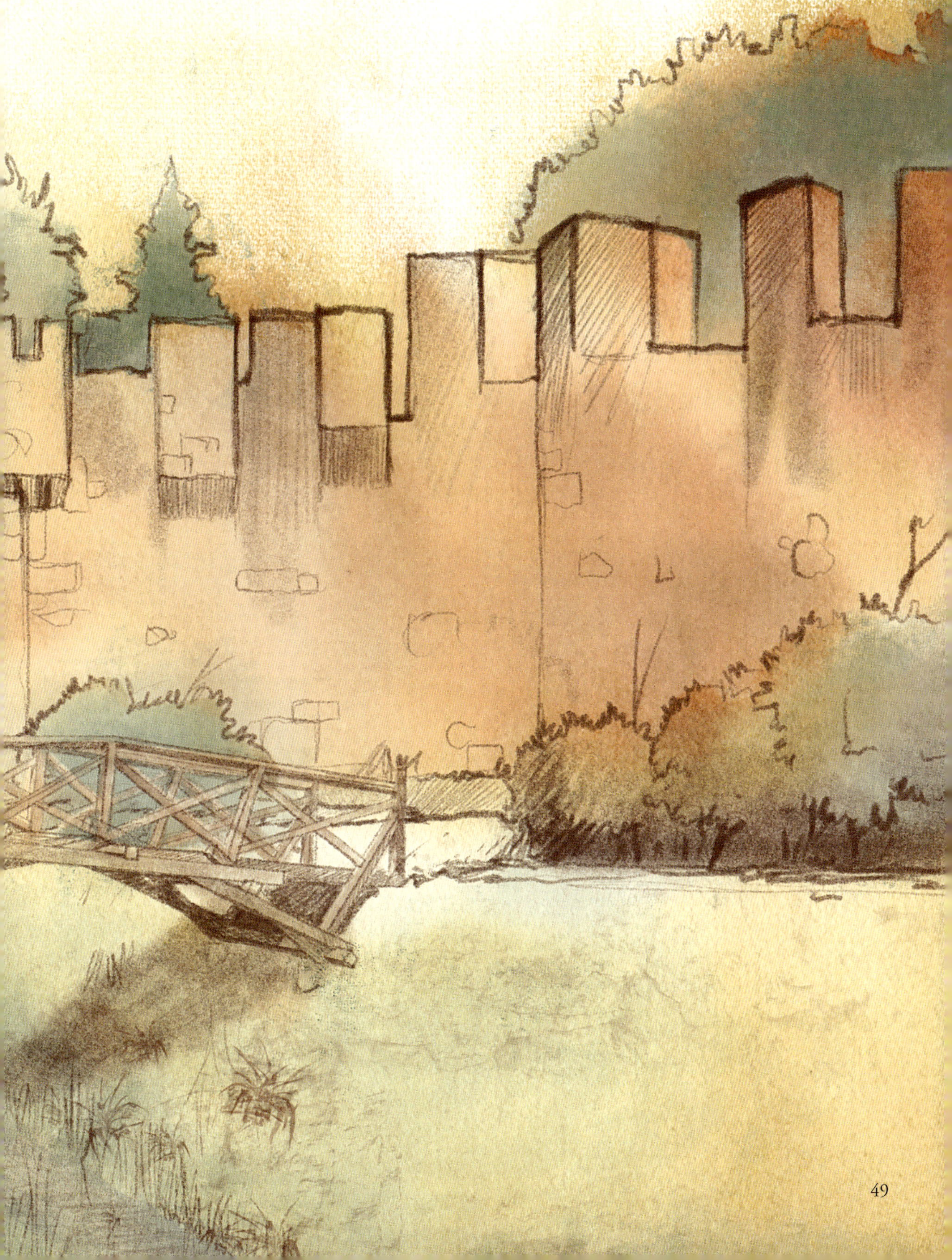

在城墙外的空地上，有一座巨大的泥塑雕像，它的一侧已经被损毁，布满了窟窿和裂缝。

"这是弗朗西斯科·斯福尔扎的骑马雕像。"达·芬奇说，"我研究了很多年，想要找到一个平衡点，让马只靠后腿站立起来。但最终，我和合作者们只制作了这个泥塑模型。我们原本为雕像预留了80吨青铜，但是当米兰公国与法国开战时，这些青铜就被用来制造大炮了。几年后，当法国士兵来到米兰时，他们用石头、弓箭摧毁了这个泥塑模型。所以，战争也摧毁了我的作品。"

51

达·芬奇停下脚步，弯下腰去摸了摸地上的碎泥块。

"这座雕塑是您唯一被毁掉的作品吗？"他们穿过城市的街道时，克里斯蒂娜同情地问道。

达·芬奇深深地叹了口气。"虽然不想承认，但确实有一些技术是我没有掌握的，情况不能尽如人意。例如，当我受邀去米兰的

圣玛利亚·德勒格拉齐修道院，为餐厅绘制壁画时，我尝试了一种实验性的技法，它能够延长蛋彩颜料晾干的时间，这样我就有更多的时间来进行调整……唉，可惜的是，就在我刚完成《最后的晚餐》不久，它就开裂了。餐厅里温度和湿度的骤然变化，使所有的颜色都开始褪色，壁画表面也开始开裂。"

"哦，不！"

"嘿！这就是实验的风险……即使你尽了最大的努力，也不一定总能如愿以偿。但这让我们学会了坚持不懈。"

"当我不能按照自己的意愿做事时，我就会非常生气。"克里斯蒂娜说，"由于别人的原因而无法完成某件事，和因为你自己能力有限而无法如愿，哪一种会让你感觉更糟糕？"

"这绝对是两种截然不同的情况，它们以不同的方式让人感到痛苦。"达·芬奇说。

"但我们只有一种方式去应对：再试一次，寻找其他方式，去实验、创新，哪怕成果稍纵即逝。"

"所以，它被毁了并不是什么大不了的事，"克里斯蒂娜总结说，"重要的是您创作了它，即使画面有一些裂痕，我们仍然可以欣赏这幅画。"

当他们在城市里散步时，克里斯蒂娜注意到，这座城市有三层：最底层是运河，她之前在河面上看到过的船只在其中航行；中间一层是马车和牲畜通过的路面，商店也在这一层；而最上面一层，也就是他们所在的地方，有一些优雅的建筑和纪念碑。

"这是理想之城。"达·芬奇解释说,"合理的规划让城市道路畅通,干净整洁。所有的废水从房屋下面排向运河那一层。"

"但是银鼠……它可能藏在任何一层!"克里斯蒂娜抱怨道。

"恰恰相反,我有一种感觉,"达·芬奇说,"它就藏在城市的中心——这座宫殿里。"

这座宫殿坐落在理想之城的中心。达·芬奇带着克里斯蒂娜穿过一扇巨大的门,来到了一间侧屋。

　　"这是厨房。"他一边打开门一边介绍,"这只银鼠很贪吃,它一定会在这里偷吃意大利香肠。"

　　"银鼠,你在这里吗?"克里斯蒂娜问着,走进了房间。

这个厨房和她想象的一模一样。屋里有两个大烤炉，橱柜里放着闪闪发光的铜罐，大木桌上铺满了面粉。天花板的横梁上挂着腊肠和奶酪。炉子上放着几口铜锅。

达·芬奇立即向她展示了自己的厨房发明：一台"自动烤肉机"、一个风力切蛋器和一台抽油烟机模型。

"您生活的时代没有那么多发明，所以当您需要市面上没有的东西的时候，您就自己发明。"克里斯蒂娜观察到这一点，对达·芬奇说。

"没错。在你的时代，虽然各种发明层出不穷，但你也可以这么做。我们每个人都可以有自己的发明——或许没有发明出什么实体的东西，但可以发明观察、解释和改造世界的新方式。"

61

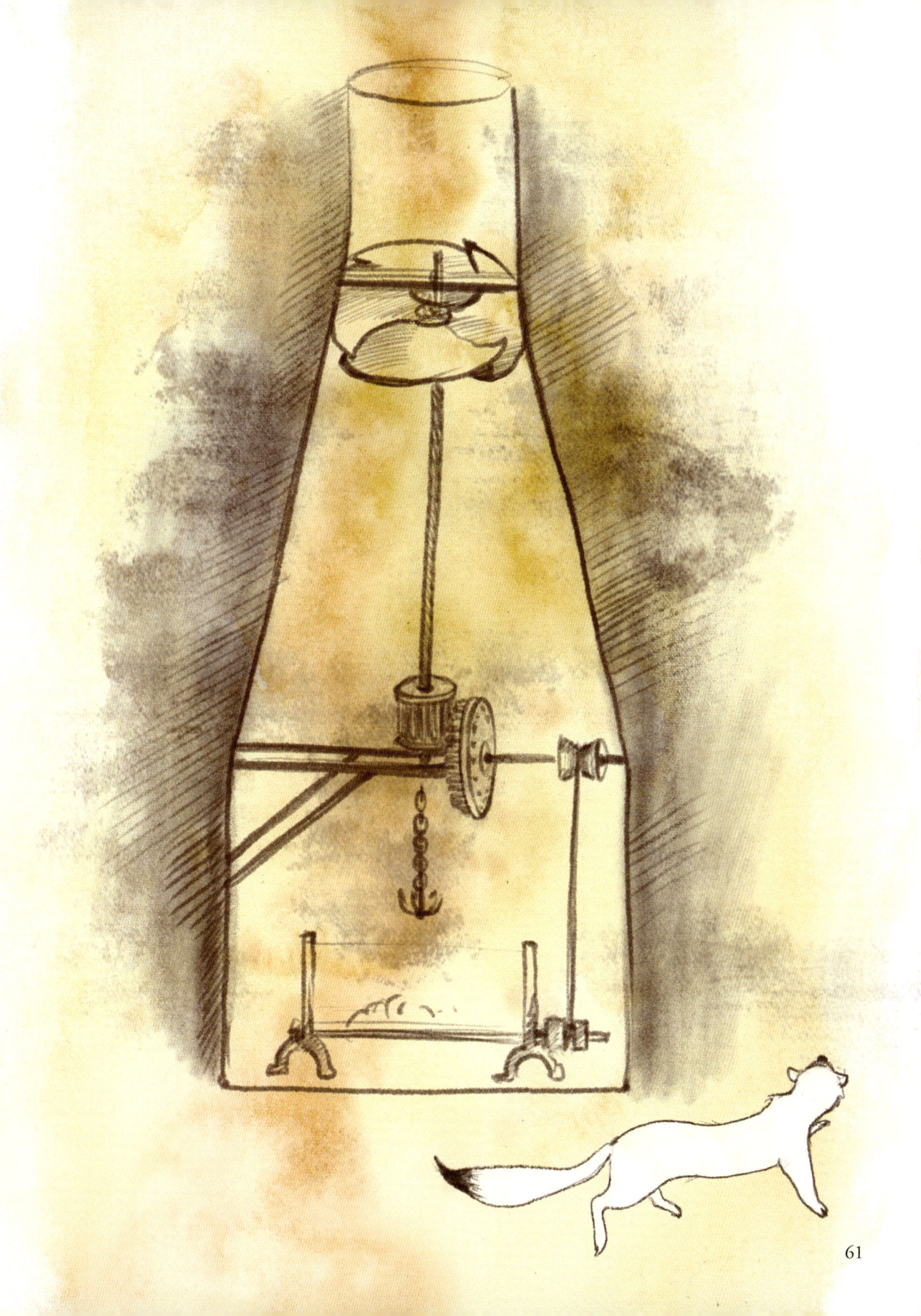

克里斯蒂娜一边听达·芬奇说,一边在每个角落寻找银鼠。难道银鼠没有来这里吗?终于,她看到了!

就在屋子的正中央,铺满面粉的桌子上,有一些脚印!

"达·芬奇先生!"她叫道,"快看这里!这是银鼠的脚印,对吗?"

达·芬奇冲过去看了看。"是的，是的，肯定是它的脚印！这些脚印太大了，不像是老鼠的，爪子又太长，也不可能是猫的脚印！"

"如果它踩到了面粉，一定会留下一些痕迹的！"

事实上，在厨房浅色的地板上还真能看到一些浅浅的脚印。但是，到了院子里，这些脚印就消失了。

"它应该跑不远。"达·芬奇说。

他们穿过院子,走到对面的房间,那里有一个长长的、双螺旋形的白色大理石楼梯。

"我们上楼吧。"达·芬奇说。

"刚才,"克里斯蒂娜边爬上台阶边说,"您不是想要告诉我住在宫殿里是什么感觉吗?"

"当时，各个城市的贵族招募杰出的艺术家到宫廷里生活和工作，我们中有画家、雕塑家、建筑师。当时的意大利并不像现在这样是一个统一的国家，而是分裂成很多不同的城邦。我在佛罗伦萨、米兰和罗马之间游历。我还为我的资助者米兰公爵卢多维科·斯福尔扎设计过宫廷宴会的布景和舞台。"

"宴会？"

"是的，那是多么辉煌、非凡的时刻！我最喜欢的是'天堂派对'。我创造了一种半颗鸡蛋形状的舞台机械装置，它的内部呈现行星和星座的运动，外部则是画在玻璃片上的十二星座。"

达·芬奇和克里斯蒂娜爬到了楼梯尽头，那里有一条长长的走廊，一侧是房间，另一侧是窗户。墙上挂着很多幅画作。整条走廊都铺着地毯，地毯上银鼠的脚印清晰可见。

"它一定就在这里！"达·芬奇说。他兴致勃勃地打开了第一个房间的门，里面有椅子、乐器和乐谱，但银鼠并不在这里。

"这是音乐室，"达·芬奇说，"这些乐器是我设计的。这是拉弦键琴*，是拉弦钟琴的一种。这是击弦键琴，一种可移动的拨弦键琴，它能独立演奏整个弦乐四重奏的乐章。这是我的银质七弦琴，琴身像是马头骨。我曾经用这把琴赢得了一场演奏比赛的冠军。"

*拉弦键琴是一种结合钢琴与大提琴的实验性乐器。

"您知道吗，我也玩儿乐器。"克里斯蒂娜说。

"真的吗？你会什么乐器呢？"

"吉他。"克里斯蒂娜说，"但我才刚刚开始学习。"

"演奏乐器是我最喜欢的活动之一。"达·芬奇说，"音乐在我心中有着特殊的地位。音乐的各个声部和谐共融，就像绘画一样。只不过，随着时间的推移，绘画历久弥新，而音乐却消逝于无形。然而，两者都起源于一切知识的基础。你看。"

达·芬奇走出音乐室,打开了隔壁房间的门,克里斯蒂娜紧随其后。

房间里遍布着各种实心的几何体,有些是木头做的,有些是金属做的。它们的形状极其复杂,有十二面体、十八面体甚至二十面体。有的面是三角形,有的是正方形,有的是五边形或六边形。

"数学是所有科学和艺术的基础。"达·芬奇说,"数是生命的基础,也是其他所有知识的源泉。"

"达·芬奇先生,您知道吗?"克里斯蒂娜说,"在我看来,您所做的一切,几乎都基于科学而非艺术。"

"但艺术家也是科学家。伽利略·伽利雷就是个很好的例子。他运用科学的方法，通过反复实验来寻求对现实的认识。这些实验是经得起论证和检验的。我比伽利略更早使用这种科学方法，我的研究建立在对现实的观察之上。现实是独一无二的，但细心的观察者能够把对现实的研究转化为各种实际的应用：绘画、音乐、建筑……你们那个时代的人把这些学科分开了，但在我的时代，人们同时研究好几个知识领域是很正常的。"

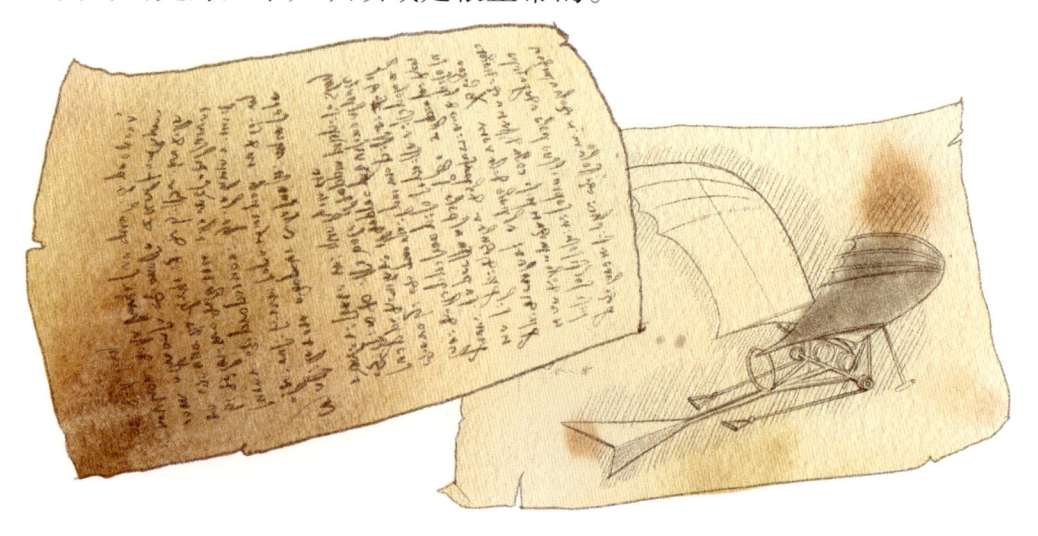

"但现在，大家觉得这很怪。我的外公总是说，我只能选择一条路，然后坚持走下去。"

"可是为什么要这样呢？我们可不是如此受限制的存在。乐曲的结构与组合和建筑是相通的。音乐家也可以是数学家，建筑师也可以是雕塑家。我们生活的世界是精妙无比、独一无二的，所有形式的知识都是自然法则的体现。我们无所不能。"

"但在我看来，您想做的许多事都没有实现。就像外公对我说的那样：我做了那么多事，却一件也没完成。"

"不要气馁。"达·芬奇说,"我们所做的事情会有什么结果,这不仅仅取决于我们自己。也许我最重要的遗产是我的手稿笔记,它甚至比我的画作更重要。在我去世后,这些笔记被拆分开来,这里卖掉一些,那里卖掉一些,有些还遗失了;几个世纪以来,我所有的研究成果都散落天涯。直到最近几十年,才有一些爱好者真正开始制造我设计的机器和乐器。"

达·芬奇离开了挂着几何物体的房间，指了指挂在走廊上的画。"但这些，"他说，"它们将永存！"

在这些画中，克里斯蒂娜注意到了达·芬奇在旅途中向她展示过的所有元素：背景上的蓝色岩石、透视法和晕涂法的运用。她还注意到这些肖像画之间有一些相似之处。

75

"我知道这幅画！"克里斯蒂娜指着《蒙娜丽莎》说。

达·芬奇点了点头。"它已经成为我最著名的画作。我画了二十年，然后把它留给了我最后的资助者——法国国王弗朗索瓦一世。他像对待王子一样招待我。他送给我一座城堡，让我可以自由地把时间投入创作。"

"离得这么近,我发现《蒙娜丽莎》和《抱银鼠的女子》非常像。她们都双手交叉、身体朝左,但抱银鼠的女士头朝左,而蒙娜丽莎则直视前方。"克里斯蒂娜观察着说道。

"以前,肖像画大多是黑色背景,画人的侧影或正面。而我想让肖像画更生动,常常旋转人物的身体和头部,把黑色背景换成自然环境。"

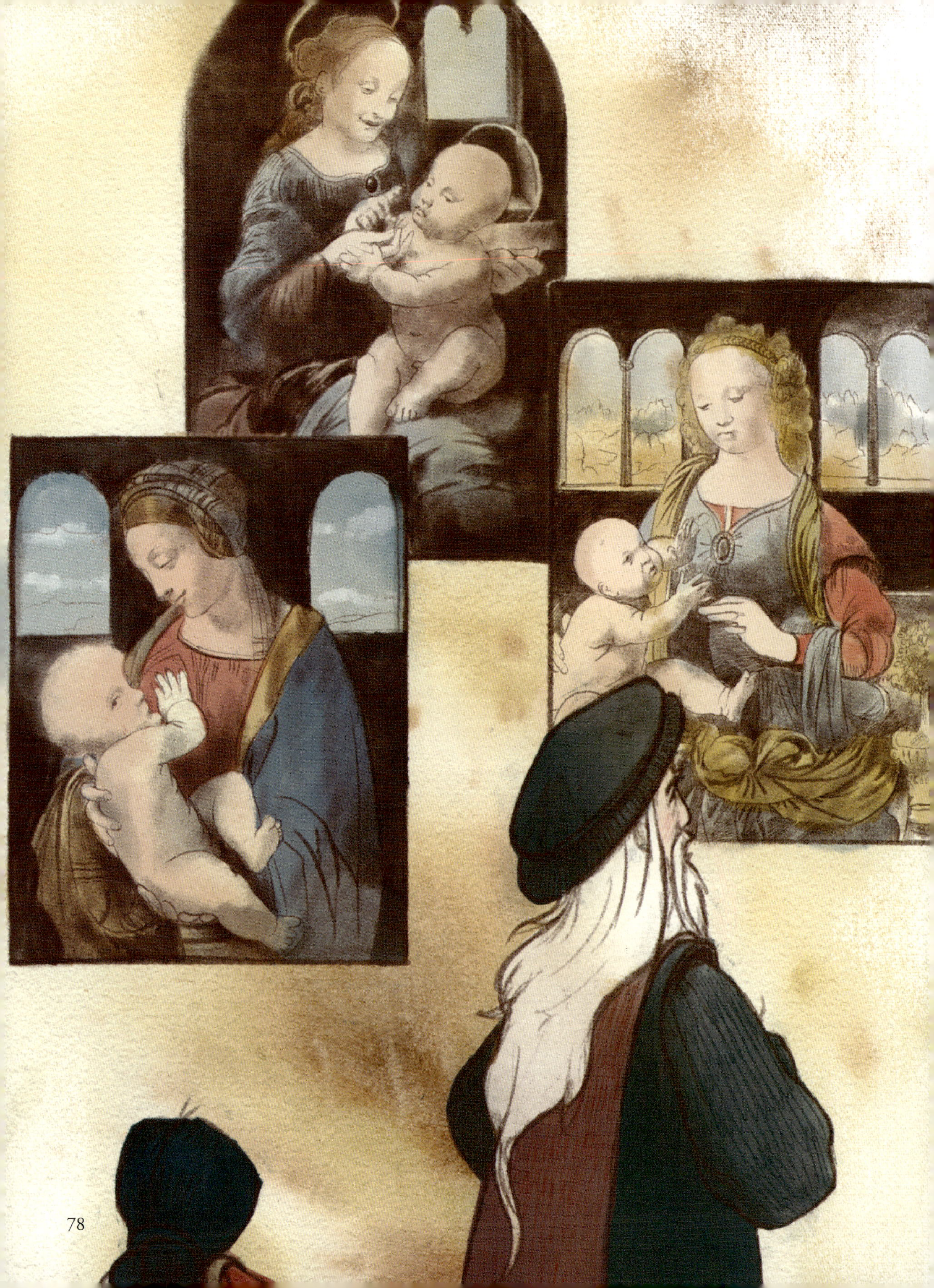

"这里还有很多圣母和圣婴!"

"我那个时代的画家常常受委托画圣母像。但是,就像我画的其他人物一样,我也总是尽力去参照现实,把圣母像画得更自然、逼真。我想把自然界中的一切都画出来。我甚至还画了一幅在母亲子宫里的胎儿图!"

克里斯蒂娜发现胎儿图旁边挂着一幅解剖图,她好奇地凑近。

"这里写着'维特鲁威人',这是什么意思?"

"维特鲁威是一位罗马建筑师,他写过一部关于建筑的著作,其中还描述了人体各部分之间的比例。我修正了这些比例数据,将人体画在正方形和圆形中。化圆为方*是我最喜欢思考的难题之一。人体各部分的比例都与数学原理有关,一切事物都遵循同一法则。"

*化圆为方是历史上有名的三大几何难题之一。从古希腊开始,人们试图用直尺和圆规为一个给定的圆做出面积相等的正方形。一直到19世纪,这个难题才被证明不可能通过尺规完成。

81

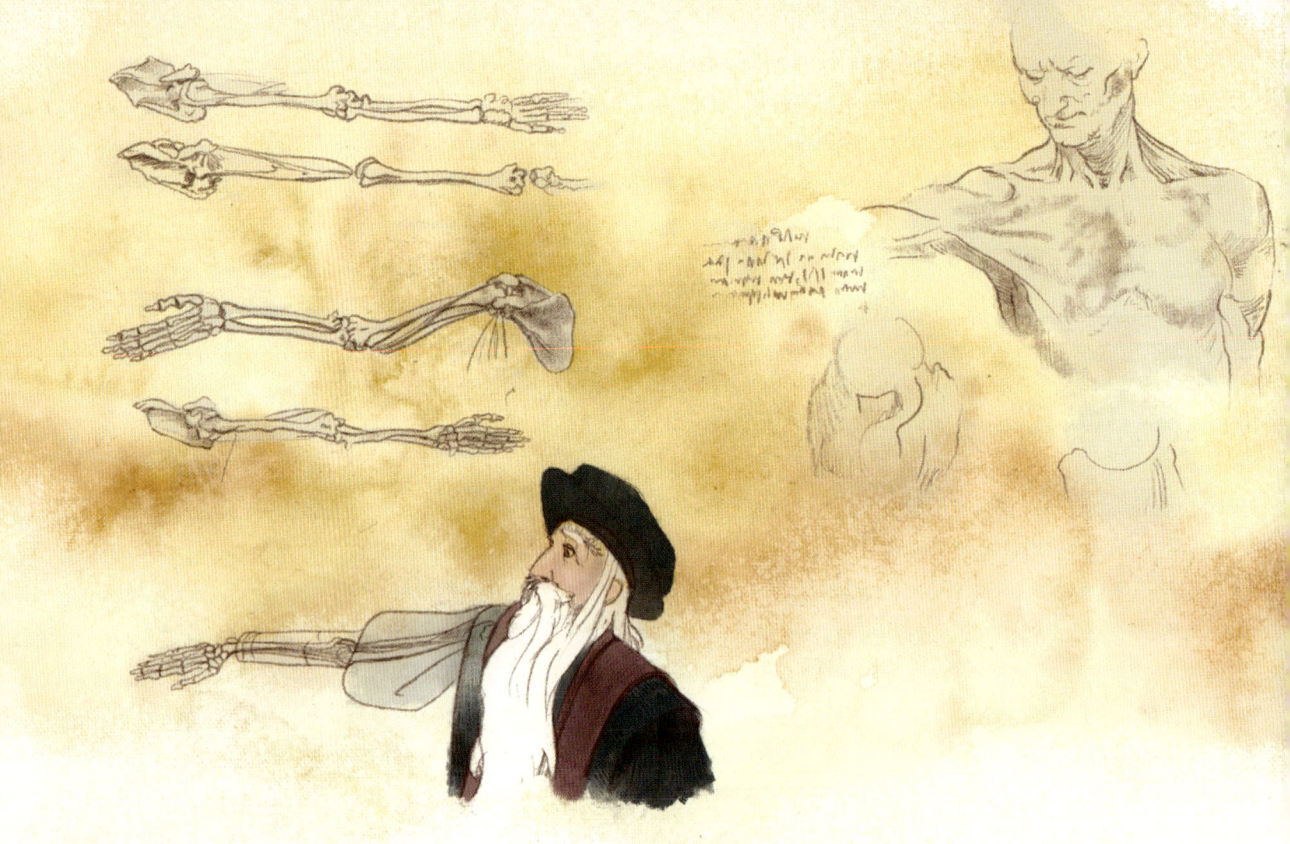

达·芬奇陷入了深思。克里斯蒂娜注意到，地毯上银鼠留下的脚印越来越清晰。

"我想银鼠就在附近。"她说，"人物、动物……"

"我是第一个画解剖图的人——后来的人称这些作品为'解剖图'。这使我们能够理解人体各部位的结构。例如，通过这幅《圣·杰罗姆》，你可以看到我是如何运用透视法再现锁骨、手臂和膝盖的。"

"可是我还看到了其他东西……"

"就在那里！是银鼠！"

"抓住它！"

银鼠藏在画中的一块岩石后面,离狮子不远。周围到处都是它留下的小脚印。

达·芬奇伸出手从画布上抱起那只小银鼠,它挣扎着不想被抓住。

"小淘气!"达·芬奇说,"你想和你的狮子朋友在一起,是吗?好了,现在是时候送你回到属于你的地方了,这样克里斯蒂娜也可以回家了。你想把它送回去吗?"

"我很乐意……"

达·芬奇把银鼠递给了克里斯蒂娜。一钻进她怀里,小家伙就平静了下来,温驯地任由她把自己抱到属于它的画布前。

"现在我们要把你还给真正的主人了。"达·芬奇把银鼠递给了画中的女士。画中的女士表示感谢后,又恢复到克里斯蒂娜第一次看到她时的姿态。

克里斯蒂娜向银鼠告别,那位女士朝她笑了笑。

"克里斯蒂娜，你在干什么？不能碰这幅画！"妈妈说着，把她从画框边拉开。

克里斯蒂娜吓了一跳。她又回到了展览馆的第一间展厅里，展厅里黑漆漆的，她站在《抱银鼠的女子》前面。达·芬奇和他的那些画纸都消失了。

"我以为你还在最后一个展厅里呢。"外公说着，走到她跟前,"好了,我们走吧,现在该回家了。"

"可是我还要去看画展啊!"

"什么意思?除了最后几分钟,你一直都是和我们一起参观的啊。"

"但是……"克里斯蒂娜望着长长走廊两边的房间,"好吧,我们走吧。"

克里斯蒂娜有些悲伤地走下台阶。难道这一切都是她想象出来的吗？她皱着眉头，低下了头。这时，她发现自己的毛衣上留下了银鼠的脚印。虽然很模糊，但她确信这就是小家伙的脚印。这真是一次意料之外的奇遇！她开心地笑了。

克里斯蒂娜转过身，缓缓向展览海报上的达·芬奇挥了挥手……

达·芬奇向她眨了眨眼睛。

"再见,达·芬奇先生!"克里斯蒂娜低声说,"我要回去完成我的作品啦。"

塞西莉亚·拉泰拉

意大利知名作家、插画家、漫画家。她喜欢阅读、写作和绘画,用这些方式来表达她对故事的热爱,著有《树叶是如何回到树上的》《十七位意大利卓越女性的故事》和《白色帐篷》等作品。她曾与多家知名出版社合作,作品《卡罗莱纳的山茶花》和《一群孩子拯救了那不勒斯市政厅》荣获意大利"绿色关爱奖"。

塞西莉亚对恐龙、中世纪和维多利亚时代有着深厚的兴趣。她常常坐在书桌前,面前摆着笔记本、茶杯和待办事项清单。她的儿童文学作品构思精巧,具有深厚的历史底蕴,极富感染力。

詹卢卡·加罗法洛

意大利著名插画家和视觉艺术家。他的作品入围博洛尼亚童书展插画师展览,并被指定为《博洛尼亚插画展年度作品集》封面。

詹卢卡·加罗法洛对建筑和绘画有着极大的热忱,多年来一直活跃在儿童插画、视觉设计和建筑领域。他与多所学校合作,为儿童和青少年开设视觉感知、绘画和插画研讨会。他曾与许多国际知名出版商合作,包括牛津大学出版社、培生教育出版集团、阿歇特童书等。